Aventura Total

C&COPONS

Un plan maléfico

Beascoa

Papel certificado por el Forest Stewardship Council®

Primera edición: septiembre de 2019

© 2019 Penguin Random House Grupo Editorial, S.A.U.
Travessera de Gràcia, 47-49. 08021 Barcelona
© 2019, Jaume Copons, por el texto
© 2019, Òscar Julve, por las ilustraciones
Autor e ilustrador representados por IMC Agencia Literaria.

Printed in Spain – Impreso en España

ISBN: 978-84-488-5313-6
Depósito legal: B-13.021-2019

Compuesto por Magela Ronda
Impreso en Gráficas Estella
Villatuerta (Navarra)

BE 5 3 1 3 6

Penguin
Random House
Grupo Editorial

Capítulo 1
AVENTURA TOTAL, LA EXTRAESCOLAR

Los alumnos de Ciencia Aplicada se burlaban de Lía y Ulises porque eran los dos únicos alumnos de Aventura Total. La verdad es que todo el mundo estaba convencido de que se aburrían mortalmente.

Los alumnos de Robótica Avanzada tampoco se quedaban atrás. Y Lía y Ulises tenían que aguantar continuamente sus estúpidos comentarios.

Lía y Ulises de buena gana les hubieran contado a sus compañeros que habían viajado hasta Eternia, y habían conocido a los eternianos. Pero el profesor Hache y Roxlo les habían dejado muy claro que no podían contar nada de nada.

Pese a las burlas de sus compañeros, Lía y Ulises entraron felices en la clase del profesor Hache. Estaban convencidos de que iban a volver a Eternia, pero el profesor les echó un jarro de agua fría por encima.

Aunque el profesor parecía estar muy seguro de lo que les había dicho a Lía y Ulises, la intervención de Roxlo cambió un poco las cosas.

PROFESOR, PERMÍTAME QUE DIGA ALGO. BIP. SI VAMOS A ETERNIA, YO ME ENCARGARÉ DE QUE TODO VAYA BIEN.

ADEMÁS, ESTOS DESPLAZADORES DE ÚLTIMA GENERACIÓN QUE USTED HA CREADO NOS SERÁN MUY ÚTILES EN CASO DE PELIGRO. BIP.

MALDITO ROBOT... QUIZÁ ME PASÉ INTRODUCIÉNDOLE DATOS.

Los desplazadores que había creado el profesor Hache servían para que, en cualquier momento de peligro, Lía, Ulises y Roxlo pudieran regresar a la nave.

Capítulo 2
EN EL ESPACIO

El profesor no pudo impedir que Lía y Ulises apretaran sus desplazadores. Evidentemente, Roxlo les siguió. Unos segundos más tarde ya surcaban el espacio a bordo de *Serendip*.

Mientras Lía intentaba que Roxlo le dejara pilotar un rato la nave, Ulises descubrió una trampilla en el suelo de *Serendip*.

NO, LÍA, NO TE VOY A DEJAR PILOTAR. BIP. ES MÁS, VAMOS A PONER EN MARCHA EL PILOTO AUTOMÁTICO.

¡ES QUE ME ABURRO!

¡AQUÍ HAY UNA TRAMPILLA, ROXLO! ¿PUEDO ABRIRLA?

15

Ulises no esperó a que Roxlo le contestara. Abrió la trampilla y se quedó asombrado.

Lo primero que visitaron fue la sala de juegos, donde además de un billar y una mesa de pimpón, encontraron una máquina extraña que les encantó.

Cuando Lía acabó la partida de *pinball*, salieron de la sala de juegos y visitaron otra habitación llena de pantallas.

Pero las sorpresas no se habían acabado. Ulises y Lía visitaron lavabos, salas de estar, un gimnasio, una piscina y una biblioteca. Y cuando creían que ya nada les iba a impresionar, Roxlo les sorprendió otra vez.

NO TARDAREMOS
MUCHO EN LLEGAR
A ETERNIA.
DESCANSAD
UN RATO. OS
AVISARÉ CUANDO
LLEGUEMOS. BIP.

¡ESTO ES
TOTAL!

¡SÍ, ES UNA
AVENTURA TOTAL!
Y TÚ ¿YA NO
TIENES MIEDO?

BUENO, YO...

¡CLARO
QUE TENGO
MIEDO!

Capítulo 3
ENFERMOS

Roxlo dirigió la nave directamente hacia el bosque dorado porque era el lugar idóneo para ocultar a *Serendip*. Además, allí era donde estaban los eternianos.

Una vez aterrizaron, Roxlo puso en marcha un ingenioso sistema de camuflaje para que a los clones les fuera imposible encontrar a *Serendip*.

Como no encontraban a nadie, Lía trepó a los árboles y vio que las cabañas instaladas entre las ramas estaban vacías.

Lía siguió las indicaciones de Roxlo. Y resultó que, una vez más, el robot había dado en el clavo.

Urbe se alegró mucho de ver a sus amigos de la Tierra, pero no se encontraba bien. Le dolía el estómago y, como sus compañeros, no se atrevía a alejarse del lavabo.

Urbe y los eternianos se quedaron en el lavabo, y Lía, Ulises y Roxlo fueron a investigar. No tardaron demasiado en darse cuenta de que los eternianos no eran los únicos que se encontraban mal.

Roxlo se quedó un rato con los caucasitos y les hizo una exploración para saber qué les pasaba. Mientras tanto, Ulises y Lía fueron a investigar por los alrededores. Y les faltó un pelo para que les pasara lo mismo que a los eternianos.

Capítulo 4
AGUA

Ulises y Lía se fueron con el robot a la nave. Roxlo tenía muy claro que los habitantes del bosque dorado necesitaban inmediatamente agua potable. Y en uno de los almacenes de *Serendip* había agua. Mucha agua.

Realmente, las sorpresas que ocultaba *Serendip* no tenían límite. Ulises y Lía jamás habían visto tanta agua.

Ulises y Lía explicaron a los eternianos que de ninguna manera podían beber agua del río. Todo parecía arreglado, pero pronto se vio que aquella no era la solución definitiva.

Los eternianos empezaron a recuperarse a una velocidad prodigiosa gracias al medicamento que Roxlo había añadido al agua. Y Ulises y Lía se dedicaron a ayudar al robot a buscar una solución definitiva.

Tras descartar varias soluciones, Lía llegó a una conclusión y eso alegró a Ulises. Pero cuando Roxlo les dejó claro quién podía estar detrás del envenenamiento, Ulises se desesperó.

Los eternianos y los caucasitos ya estaban prácticamente bien, pero todavía necesitaban tener un lavabo cerca. Aun así, no hubo manera de convencer a Urbe de que se quedara en el poblado y, al final, Ulises, Lía y Roxlo aceptaron llevársela con ellos.

Capítulo 5
EXPEDICIÓN

La expedición se dirigió a la montaña donde nacía el río. Estaba claro que, en algún punto entre la montaña y la entrada del bosque, alguien estaba envenenando el agua.

Roxlo aprovechó el camino para recoger algunas muestras y Ulises y Lía se maravillaron con todo lo que encontraban a lo largo del camino.

Los gebatos no fueron los únicos animales que sorprendieron a Lía y Ulises. Por suerte, Urbe los conocía a todos perfectamente y les aseguró que no eran peligrosos.

Ulises, Lía, Roxlo y Urbe corrieron tanto como podían, pero el urino les perseguía y cada vez se les acercaba más.

Cuando todo parecía perdido y el urino se disponía a atacar, toda la expedición desapareció ante los asombrados ojos del animal.

Pero no. Ulises, Lía, Urbe y Roxlo no habían desaparecido. Habían caído por un agujero. O algo parecido.

Para Roxlo no fue difícil entender que estaban dentro de un ser vivo, pero para Ulises y Lía no fue nada fácil.

Capítulo 6
MITAD ANIMAL, MITAD PLANTA. ENERGÍA TOTAL

Roxlo buscó entre todos los datos que contenía para saber cómo podían salir del brontón. Y al no encontrar nada, se puso en contacto con el profesor.

¿ME ESTÁS DICIENDO QUE ESTÁIS DENTRO DE UN BRONTÓN, ROXLO?

¡EXACTO, PROFESOR! BIP.

PUES ME TEMO QUE ES EL MOMENTO DE QUE APRETÉIS VUESTROS DESPLAZADORES.

NEGATIVO. BIP. NO PODEMOS. TENEMOS UNA MISIÓN Y ADEMÁS NOS ACOMPAÑA UNA PEQUEÑA ETERNIANA.

¡¡¡EN QUÉ MOMENTO TE HICE TAN INTELIGENTE!!!

¡ROXLO, VEN!

A nadie se le ocurrió preguntarle a Urbe como podían salir del brontón. Y como nadie lo hizo, ella misma se lo contó a Lía y Ulises.

El camino hacia el estómago del brontón no fue fácil. Además, Ulises de repente atinó en algo que lo dejó aterrorizado.

Tras unas horas andando entre pelos de brontón, llegaron a una zona más tranquila y Urbe
les hizo detenerse ante lo que parecía un gran
cojín rojo.

¡Tres! Tan pronto como se lanzaron contra el estómago, efectivamente, el brontón tuvo un espasmo y los expulsó a una velocidad increíble que hizo que cruzaran en un momento todo el cuerpo de aquel ser.

Y no solo volaron por encima de los árboles, sino que cruzaron el bosque dorado e incluso adelantaron a una de las aves más rápidas de Eternia, la electrita.

De repente, por fortuna para ellos, cayeron encima de una duna en el pequeño desierto que había entre el bosque azul y la montaña donde nacía el río. Y desde esa duna, todos menos Lía vieron algo que los dejó helados.

¡¡¡SE ME HAN ROTO OTRA VEZ LAS GAFAS!!! ¡NO VEO NI TORTA!

¡ALLÍ!

ALLÍ ESTÁN LOS CLONES...

BIP. YA HEMOS ENCONTRADO EL PROBLEMA.

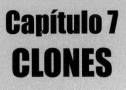

Capítulo 7
CLONES

Roxlo le arregló las gafas a Lía, porque la verdad es que Lía era bastante miope y en Eternia era necesario estar pendiente de todo.

Pese a que Ulises no quería, Urbe se lo llevó para ver de cerca lo que estaban haciendo los clones.

Cuando Urbe y Ulises regresaron donde estaban Roxlo y Lía y les contaron lo que habían visto, Roxlo llegó a tres conclusiones.

PRIMERA CONCLUSIÓN: ENVENENAN EL RÍO PORQUE QUIEREN QUE LOS ETERNIANOS SALGAN DEL BOSQUE PARA PODER CAPTURARLOS.

SEGUNDA CONCLUSIÓN: HAY QUE HACER UNA INSPECCIÓN. BIP. ES NECESARIO SABER EXACTAMENTE QUÉ PRODUCTO ESTÁN ECHANDO EN EL RÍO.

TERCERA CONCLUSIÓN: PARA ACERCARNOS Y PASAR DESAPERCIBIDOS TENEMOS QUE DISFRAZARNOS DE CLONES. BIP.

Gracias a los disfraces, acercarse a la instalación de los clones fue fácil, pero mientras Roxlo tomaba una muestra del producto que estaban vertiendo en el río, un clon se dirigió a Lía, Ulises y Urbe y no fueron descubiertos por poco.

Que los clones fueran tan increíblemente estúpidos fue una gran suerte. Eso permitió que Roxlo pudiera conseguir sin ningún problema una muestra del producto que estaba envenenando el agua. Pero, cuando ya se iban, empezaron los problemas de verdad.

Los clones eran rematadamente tontos, pero también eran muy rápidos y en pocos segundos se organizaron y empezaron la persecución. Y eso no fue lo peor. Lo peor fue que la reina Runa, salida de no se sabe dónde, los capitaneaba.

Todo parecía perdido. Estaban demasiado lejos del bosque dorado y en el desierto no había ningún lugar donde esconderse. O por lo menos eso era lo que creían.

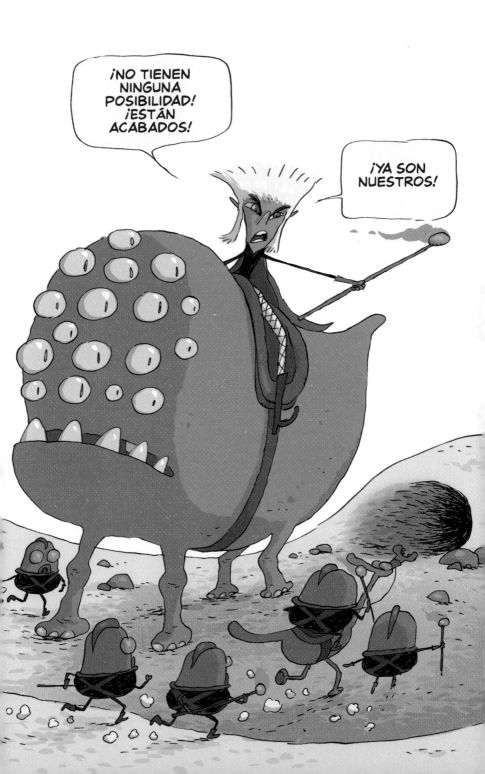

El interior de aquel agujero era mucho más espacioso y grande de lo que podía pensarse. Roxlo repasó datos y aseguró que era un nido de trasteros, un tipo de arañas que solían hacer inmensas galerías subterráneas que recorrían centenares de kilómetros.

Capítulo 8
¡QUIETOS!

Los trasteros no eran el único problema. La reina Runa y sus clones también habían entrado en el nido y Ulises no tardó en oír los escandalosos gritos de la reina.

¡CORRED, NO PUEDEN ESTAR LEJOS!

AY, AY, AY... ¡ESTÁN MUY CERCA!

PERCIBO UNA GRAN ACTIVIDAD DE TRASTEROS EN AQUELLA DIRECCIÓN. BIP. DEBERÍAMOS QUEDARNOS COMPLETAMENTE QUIETOS.

¡PERO SI NO NOS QUEDAMOS QUIETOS, NOS ATACARÁN LOS TRASTEROS!

¡SI NO NOS MOVEMOS, RUNA NOS APRESARÁ!

¿Ser víctima de la reina Runa o de los trasteros? Ese era el gran dilema. Roxlo intentó barajar todos los datos para tomar una decisión y, para que todos pudieran hacerse una idea de cómo estaban las cosas, los proyectó en la pared.

1. LOS TRASTEROS NO ATACAN SI ESTÁS QUIETO.

2. LOS TRASTEROS NO ATACAN EN EL EXTERIOR.

3. LA REINA RUNA Y LOS CLONES LLEGARÁN EN CUALQUIER MOMENTO.

4. SI CAEMOS EN MANOS DE RUNA NOS CONVERTIREMOS EN ESCLAVOS.

BIP. TENEMOS QUE QUEDARNOS QUIETOS. ¡LOS DATOS SON CLARÍSIMOS!

SI ES LO QUE DICEN LOS DATOS...

¡AY, AY, AY!

¡PUES VALE!

El momento fue tan espeluznante que Ulises tuvo que concentrarse mucho para no moverse, porque lo que le pedía el cuerpo era salir corriendo.

Atacados por los trasteros, la Reina Runa y su ejército de clones no tuvieron más remedio que salir corriendo.

Lía, Ulises, Urbe y Roxlo emprendieron el camino a casa a través de las galerías de los trasteros. Y no perdieron el tiempo, porque mientras caminaban Roxlo fue analizando el veneno que los clones vertían en el río.

A Roxlo la idea de crear una depuradora de agua le pareció genial y los demás estaban tan entusiasmados con esa idea que el camino de regreso al poblado casi se les hizo corto.

Capítulo 9
UNA DEPURADORA Y UNA IDEA

Una vez llegaron al campamento, Roxlo se fue a la nave y Lía y Ulises hablaron con los eternianos para contarles cómo estaba la situación.

Roxlo estaba en la nave haciendo cálculos y diseñando la depuradora. Por eso Lía y Ulises pudieron pasar un buen rato con los eternianos y descubrieron algunas cosas interesantes.

Roxlo, en el interior de *Serendip*, había hecho miles de cálculos para diseñar una depuradora con algunas innovaciones que aún tardarían décadas en llegar a la Tierra. Y justo cuando acabó de trabajar, el profesor Hache se puso en contacto con él.

Mientras los eternianos descargaban los materiales de *Serendip* y los transportaban hasta el lugar que Roxlo indicó, Lía quiso comunicarle al robot la idea que había tenido: llevar a todos los habitantes de Eternia al bosque dorado.

79

Una vez la depuradora estuvo instalada, alguien tenía que probar el agua. Y aunque Roxlo dijo que ya la probaría él, Lía se avanzó y aprovechó para explicar a todo el mundo lo que antes había intentado decirle a Roxlo.

Desde la copa de uno de los árboles más altos del bosque, Lía, Ulises y Roxlo pudieron ver que las naves de la reina de los clones se habían situado ante el bosque y la reina Runa estaba allí delante de ellos.

Dijera lo que dijera Runa, Roxlo tenía las cosas muy claras. Además, el robot sabía que tenía que llegar un poco antes para que la directora de la escuela pensara que en Aventura Total todo era normal.

RUNA MIENTE. HE ANALIZADO SU LENGUAJE CORPORAL, SU TONO DE VOZ Y SUS GESTOS. BIP. ESTÁ MINTIENDO. VA A HACER TRAMPAS...

... BIP. AHORA MISMO NOS VAMOS A LA TIERRA.

ES LO MEJOR QUE PODÉIS HACER. LOS CLONES JAMÁS ENTRARÁN EN EL BOSQUE. NOSOTROS ESTAREMOS BIEN.

Capítulo 10
RUNA VS LÍA

Una vez se despidieron de los eternianos, Roxlo y Ulises subieron a *Serendip* y se prepararon para el viaje, pero cuando Roxlo iba a poner en marcha la nave, Ulises se dio cuenta de algo. Algo bastante importante.

¿Que dónde estaba Lía? Ulises, que la conocía perfectamente, se temió lo peor. Y, en efecto, había sucedido lo peor.

¿VAYA, TÚ ERES LA MEJOR?

SOLO HE VENIDO PARA DECIRTE QUE NO VAMOS A PERMITIR QUE TE SALGAS CON LA TUYA.

¿A TI QUÉ TE PASA? ¿POR QUÉ ODIAS TANTO A LOS ETERNIANOS?

Lía intentó recordar todo lo que había aprendido cuando iba a clases de judo, pero no contaba con que la reina era traicionera y tramposa..

Todo parecía más que perdido, pero entonces Lía hizo lo único que podía hacer para salvarse.

Cuando Lía apretó su desplazador y desapareció, la reina Runa y los clones se quedaron a cuadros.

Lía apareció entre Roxlo y Ulises y en ese preciso momento el robot puso la nave en marcha.

El viaje a la Tierra fue tan rápido que Lía no tuvo ni tiempo para contar lo que le había pasado.

Serendip aterrizó justo a tiempo para que Lía y Ulises se sentaran ante el profesor Hache como si llevaran ahí una hora.

Cuando la directora se fue, Ulises y Lía le contaron al profesor lo que había pasado. Y no solo lo que había pasado, también le contaron lo que iba a pasar.

Próximamente...
¡Serendip *al ataque!*